인생은 내가 만든 영화다

• 저자의 수익금은 전액 재능기부에 쓰여집니다.

인생은 내가 만든 영화다

최세규 시집

저제

시인의 말

　인연은 하늘이 맺어주지만 좋은 친구는 내가 만들어 간다. 매주 25년간 지인에게 보낸 글을 책으로 출간하게 되었다. 많이 부족하지만 마음만은 최선을 다했다.

　지인에게 보낸 안부 문자가 부메랑이 되어 나를 위로하는 글이 되었다. 지인분께 이 기쁨과 영광 돌린다. 주말 문자를 사랑해 주신 8천여 분들께 이 글을 바친다. 메모하고 글을 조합한 시간보다 응원 답글을 통하여 나 자신을 사랑하는 법을 배웠다. 함께 꿈을 꾸면 그 꿈이 꼭 이루어진다는 말처럼 재능 기부를 통해 살고 싶은 사회를 만들어 가고자 한다.

　이 책이 나 올수 있도록 도움 주신 지혜 출판사 반경환 대표, 강백규 사진작가, 김진 사진작가께도 깊은 감사를 드린다.

시인의 말　　　5
추천사　　　204 - 214

1부

가난하게 죽는 것은　　　15
오늘의 행복　　　17
우리가 걷는 길　　　19
멋진 연극　　　21
강한 사람　　　23
친구　　　25
좋은 친구 1　　　27
소유보다는 나눔을　　　29
산다는 것　　　31
재능나눔　　　33
돈 쓰는 것은 예술　　　35
내 고운 사랑아!　　　37
그대 생각　　　39
변화는 새로운 도전　　　41
약속　　　43
현명한 사람　　　45
딩동!　　　47
사랑 1　　　49

2부

우리가 사랑하는 것만큼   53

시를 읽으면   55

아름다운 사람   57

마지막인 것처럼   59

사랑 받고 싶거든   61

가장 즐겁고 멋진 일   63

선물   65

마음을 얻는 사람   67

리더   69

이벤트   71

마음밭   73

소풍 1   75

역경   77

여행 1   79

여행 2   81

소풍 2   83

미소   85

바람   87

3부

사랑 2   91

그림   93

인생 1   95

세 가지   97

향기   99

불행한 사람   101

아는 것만큼   103

인생 2   105

말   107

당신의 나이   109

여보게   111

바람   113

생   115

아름다움   117

성공한 사람   119

가장 행복한 사람   121

진실, 거짓, 사랑   123

봄꽃   125

봄은 말한다   127

4부

장미 131

사랑 3 133

인생은 내가 만든 영화다 135

청춘 137

빛과 소금 139

짧은 인생 141

구름처럼, 바다처럼 143

웃음 145

내 인생의 최고의 젊은 날 147

가슴으로 만나는 사람 149

행복이란 것은 151

벚꽃은 화려해도 153

좋은 친구 2 155

시련 157

사람이 아름다운 건 159

유효기간 161

엄지손 163

5부

이런 식사	167
배려하는 마음은	169
보고픈 마음	171
꿈	173
그런 사람	175
물을 닮고 싶다	177
잘 다녀오세요	179
행복이 눈처럼 내려요	181
행복한 주주	183
바다	185
그냥 좋은 사람	187
한 가지 법칙	189
말 한마디	191
해남에서	193
인생 3	195
부족하고 겸손한 사람	197
숲으로 오라!	199
첫사랑	201
능소화처럼	203

1부
돈 쓰는 것은 예술

가난하게 죽는 것은

흙수저로 태어나는 것은

당신의 잘못이 아니지만

가난하게 죽는 것은 당신의 책임이다.

오늘의 행복

세상의 모든 희망과 행복은

언제나 오늘부터입니다.

내일 행복보다 지금의 행복을 추구하고 살아요.

우리가 걷는 길

혼자 걷는 길엔 예쁜 꿈이 있고

둘이 걷는 길엔 우정이 있고

우리가 걷는 길엔 나눔이 있습니다.

멋진 연극

세상이란 아름다운 무대에서

멋진 연극을 하는 우리는

사랑과 행복과 나눔을 창조하는 배우다.

강한 사람

강한 사람이란 자기 감정을

다스릴 줄 아는 사람과

적을 친구로 바꿀 수 있는 사람이다.

친구

친구는 꽃이다.
술보다 향기로운 꽃이다.
그리울 때 피어나는 꽃이다.

좋은 친구 1

사람은 하늘이 내리지만

좋은 친구는 내가 만들어 간다.

무엇이 사람보다 소중하랴.

소유보다는 나눔을

가장 값진 삶은 물질보다는 마음을,

소유보다는 나눔을 실천하며 살아가는 것이다.

산다는 것

산다는 것,

나는 아직도 내 인생의 해답을 모른다.

그러므로 산다는 것에 늘 설렘을 느낀다.

재능나눔

받는 기쁨보다는 주는 기쁨이 더 행복하다.

재능나눔은 사랑으로 가는 길이다.

돈 쓰는 것은 예술

돈 버는 것은 기술,

돈 쓰는 것은 예술,

봉사는 사랑술,

나눔을 실천하는 우리가 됩시다.

내 고운 사랑아!

사랑아, 사랑아, 내 고운 사랑아!
청포도 익어가는 여름에도
그물에 걸리지 않는 바람처럼
사뿐히 오고 가다오!

그대 생각

창문을 닫아도 스며드는 달빛처럼

마음을 추슬러도 번져드는 그대 생각에

아침이 밝아옵니다.

변화는 새로운 도전

변화는 새로운 도전이고

시작은 절반의 성공이며

꿈과 자신감은 언젠가는 현실이 된다.

약속

꽃은 향기를 약속하고

나무는 맑은 공기를 약속하듯

잊지 말고 지켜야 할 것이 약속입니다.

현명한 사람

삶이 지치고 힘들 때

바보는 방황하고

현명한 사람은 먼 여행을 떠난다.

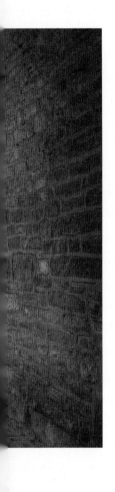

딩동!

방금 통장으로 내 마음을 보냈습니다.

시간 날 때 읽어보세요.

비밀번호는 너와 나의 그리움입니다.

사랑 1

사랑은 들에 사는 새와 같아서

잡을 수 없지만

마음 속을 무지개색으로 물들일 수는 있다.

2부
세상은 우리가
사랑하는 것만큼
아름답습니다

우리가 사랑하는 것만큼

세상은 우리가 사랑하는 것만큼 아름답습니다.

가을 단풍에도 울긋불긋 아름다움이 물드네요.

잠시나마 행복 한 번 쳐다보세요.

시를 읽으면

시를 읽으면 마음이 편해지고

예의를 지키면 겸손해지고

음악을 들으면 인격이 완성된다.

아름다운 사람

세상에 있는 고통과 시련을

사랑으로 승화시킬 수 있다면

아름다운 사람입니다.

마지막인 것처럼

웃어라! 어린아이처럼.

일하라! 부지런한 농부처럼.

즐겨라! 오늘이 마지막인 것처럼.

사랑 받고 싶거든

사랑은 생명의 꽃이고 희망입니다.

남에게 사랑을 받고 싶거든

먼저 남에게 사랑을 베푸세요.

가장 즐겁고 멋진 일

세상에서 가장 즐겁고 멋진 일은

일생을 바쳐 할 일이 있다는 것이다.

주말이 행복한 이유도 땀 흘린 일이 주는 휴식 때문이다.

선물

오늘은 선물이다.

잠에서 깨어 아침을 볼 수 있어 행복하고

새소리를 들을 수 있어서 감사하고

노래를 부를 수 있어서 즐겁다.

65

마음을 얻는 사람

산보다 더 높은 것은 하늘이고

하늘보다 더 넓은 것은 사람 마음이다.

마음을 얻는 사람이 가장 높은 사람이다.

리더

싱그러운 초록의 5월처럼

늘 꿈꾸는 리더가 되세요.

꿈을 가진 사람은 아름다운 사람입니다.

69

70

이벤트

인생은 내가 만든 이벤트!

성공해서 나에게 선물하라!

남이 지배하기 전에 내 삶을 창조하라!

마음밭

마음밭에 꽃을 심고
마음밭에 겸손을 심고
마음밭에 친구를 심어라!
평생 행복 꽃이 핀다!

소풍 1

아름다운 이 세상 소풍 끝나는 날까지

따뜻한 정 나누며

오늘을 사랑하며 살렵니다.

역경

역경은 사람을 지혜롭게 만들기 위해

강한 사람을 실험한다.

그래서 역경은 가혹한 스승이다.

여행 1

여행은 삶을 여유롭게 한다.

자연과 사람을 만나고 자신을 만난다.

여행은 자신에게 주는 선물이다.

여행 2

삶이 외로울 때, 허전할 때, 지쳐있을 때,

휴식 같은 친구와 함께 아름다운 여행을 떠나라.

여행은 에너지를 가득 충전해 준다.

소풍 2

행복과 불행은 마음속에 있다.

행복의 길은 스스로 만들어서 찾는 것이다.

인생은 소풍이다.

가슴 설레는 일로 행복한 소풍이 되자.

미소

웃음은 전염된다. 웃음은 감염된다.

행복 바이러스는

그대의 눈빛과 그대의 미소다.

바람

바람이 분다.

사랑스러운 바람이 분다.

옷단장하고 님 마중가야지!

3부
인생은 연극

사랑 2

꽃보다 더 아름다운 것은
당신의 진실한 사랑입니다.

그림

인생이란 그림은 한 순간에 그려지는 것이 아니다.

평생 동안 조금씩 그려가는 것이다.

인생 1

인생은 연극. 인생은 정답도 오답도 없다.

오직 자신만 그릴 수 있는 화선지에

좋은 그림을 그리면 된다.

세 가지

인간의 삶에서 중요한 세 가지.

첫째는 사랑이고,

둘째는 친절이고,

셋째는 겸손이다.

향기

꽃의 향기는 천리 가지만

사람의 향기는 만리 갑니다.

인연의 향기는 하늘까지 갑니다.

불행한 사람

초가삼간에 살아도

마음이 부자면 행복한 사람이고,

호화롭게 살아도 마음이 가난하면

불행한 사람이다.

아는 것만큼

아름다운 여행은 새로운 풍경을 보는 것이 아니라

지난 날을 추억하며 새로운 시야를 만들어 가는 것이다.

아는 것만큼 보인다.

인생 2

인생을 살아 갈 때는 한 편의 장편소설 같지만

살고 나면 한 편의 짧은 시와 같다.

인생이여 다시 한 번!

말

칭찬의 말은 꽃을 피게 하고

긍정의 말은 복이 들어오고

고운 말에는 향기와 품격이 느껴진다.

당신의 나이

당신의 나이는 청춘입니다.

내 나이는 행복한 미소입니다.

우리는 희망이며, 시대의 선물입니다.

여보게

여보게,

좋은 일만 생각해도 시간이 부족한데

미워할 시간이 어디 있겠는가.

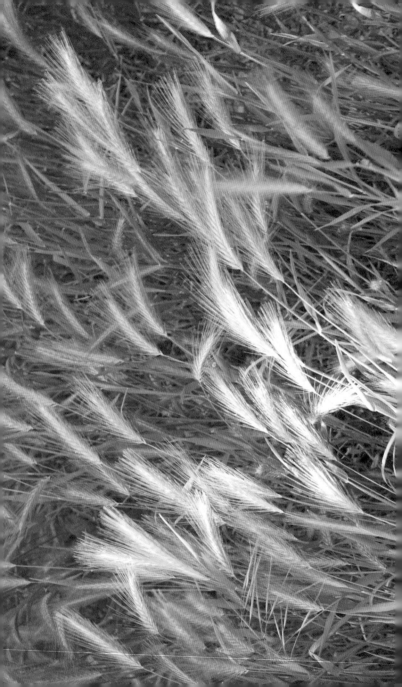

바람

정겨운 봄바람이 분다.

매화꽃이 피어날 때 봄은 말한다.

나도 누군가를 흔드는 바람이 되고 싶다.

생

인생은 하늘처럼 푸르게!

사랑은 별처럼 빛나게!

인연은 꽃과 나비처럼 아름답게!

아름다움

아름다움은 어느 곳에나 있다.

우리의 눈이 그것을 제대로 알아보지 못할 뿐이다.

성공한 사람

힘들지 않고 성공한 사람이 어디 있으랴.

부자는 시련의 바다를

수없이 건너온 사람들이다.

가장 행복한 사람

이 세상에서 가장 행복한 사람은

그냥 웃는 사람,

정이 많은 사람,

누군가의 희망이 되어주는 사람이다.

진실, 거짓, 사랑

진실은 소리없이 하나가 되고,

거짓은 시간 지나면 탄로 나고,

사랑은 가슴으로 느껴집니다.

봄꽃

잔잔한 그리움 봄처럼 다가오고,

내 마음의 청춘은 소풍가자 등 떠밀고,

희망은 봄꽃으로 피어나네.

봄은 말한다

꽃 피어날 때 봄은 말한다.

모두모두

사랑의 꽃물들라고…

4부
인생은 내가 만든 영화다

장미

장미꽃은 사랑에 빠진 게 틀림없다.

사랑하지 않고서야 어찌 불타는 열정으로 피어 날 수 있을까?

사랑 3

사랑은

땅에서 하늘까지 머리에서 발끝까지

그리움으로 물들이는 것이다.

인생은 내가 만든 영화다

좋은 생각을 하면 좋은 일이 생기고,

나쁜 생각을 하면 나쁜 일이 생긴다.

인생은 내가 만든 영화다.

청춘

청춘은 청춘을 알아보지 못한다.

꽃이 진 다음에 그리움이 남듯이

청춘은 그렇게 화살처럼 지나간다.

빛과 소금

당신이 최고라는 것을 잊지 마세요.
당신은 이 시대에 없어서는 안 될
빛과 소금입니다.

짧은 인생

삶의 순간순간을 즐겨라.

뒤돌아보지 않는 바람처럼

좋은 일만 생각해도 너무 짧은 인생이다.

142

구름처럼, 바다처럼

자유로운 구름처럼 다 받아주는 바다처럼

생각 없이 사는 청노루처럼

우리 그렇게 살아요.

144

웃음

웃음은 슬픔을 지우는 지우개다.

걱정을 덜어주고 희망과 행복을 만들어주는 엔돌핀이다.

내 인생의 최고의 젊은 날

오늘은 내 인생의 최고의 젊은 날.

아침에 희망의 신발을 신고

하루의 선물을 그대와 쓰고 싶어라.

147

가슴으로 만나는 사람

말이 통하고 생각이 같고

눈빛 하나로 마음을 읽어주는 친구는

가슴으로 만나는 사람이다.

행복이란 것은

행복이란 것은
막걸리 한 잔, 파전, 두부, 메추리알.
다정한 친구 내가 손 내밀면
잡을 수 있는 소박한 것이다.

벚꽃은 화려해도

여름은 길어봤자 한철이고

벚꽃은 화려해도 열흘을 못간다.

지금 필요한 건 잠시 쉬어 갈 여유.

좋은 친구 2

소금 3%가 바닷물을 썩지 않게 하듯

좋은 친구 3명만 있어도

인생이 행복해질 수 있다.

155

시련

구름을 벗어난 달처럼

비온 뒤 굳어지는 땅처럼

시련은 성공 앞에 놓인 작은 장애물일 뿐이다.

사람이 아름다운 건

노을이 아름다운 건 구름이 있기 때문이고

사람이 아름다운 건

이루어야 할 꿈이 있기 때문이다.

유효기간

빵의 유효기간 3-7일.

우리 인생의 유효기간은 얼마일까요?

유효 기간 지나기 전에 열심히 삽시다.

엄지손

나는 엄지손, 새끼손은 자식, 중지는 부모,

약지는 친구, 집게는 형제.

내가 잘하면 모두가 웃는다.

5부
행복이 눈처럼 내려요

이런 식사

오늘 저녁에는 이런 식사를 준비해보세요.

희망 하나, 기쁨 둘, 웃음 셋, 사랑 넷을 넣은

비빔밥!

배려하는 마음은

사람의 향기는 꽃향기보다 진하고

배려하는 마음은 저녁노을보다

더 아름답고 포근합니다.

보고픈 마음

꽃의 향기는 바람에 흩어지지만,

보고픈 마음은 바다 같아서

시린 가슴 풀어 헤쳐봅니다.

꿈

혼자 꿈을 꾸면 꿈으로 끝날 수 있지만,

더불어 꿈을 꾸면

그 꿈은 현실이 된다.

그런 사람

오랫동안 만나지 않아도

항상 따뜻한 느낌으로

다가설 수 있는 그런 사람이 되고 싶습니다.

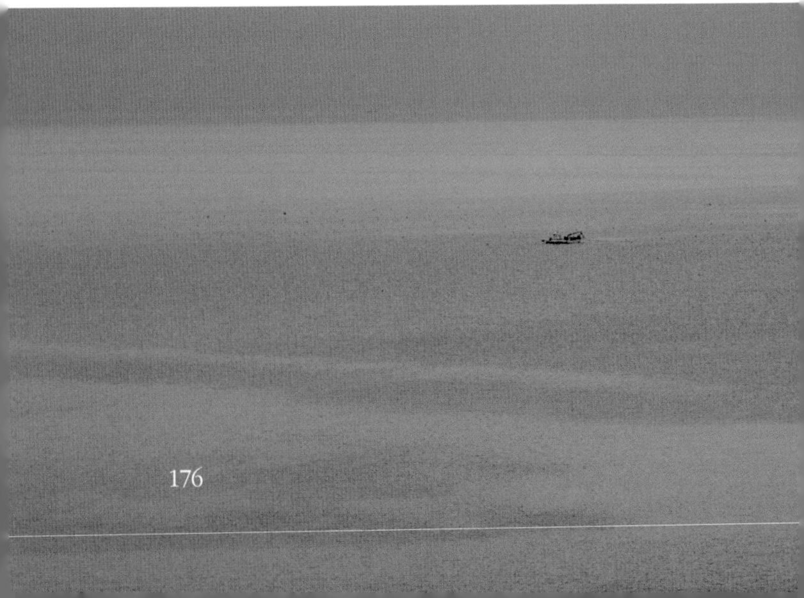

물을 닮고 싶다

물을 닮고 싶다.

낮은 곳으로 흐르는 겸손을,

바다처럼 안아주는 포용을,

막히면 돌아가는 지혜를…

잘 다녀오세요

쪽빛 바다가 그리워지는 계절.

꿈, 희망, 사랑 가득 안고

긴 여운이 남는 여름휴가 잘 다녀오세요.

행복이 눈처럼 내려요

바람 소리에 그리운 추억,

옷깃을 여미는 겨울이지만

따뜻한 지인이 있어 행복이 눈처럼 내려요.

행복한 주주

젊은 날에 친구를 많이 만들면

행복한 주주가 되고

친구가 없으면 가난한 주주가 된다.

바다

세상에 공짜가 없는데

마음 착한 바다는

꽃소금도 주고, 생선은 덤이며

술 취한 파도는 춤까지 춘다.

그냥 좋은 사람

좋은 사람은 그냥 좋은 것이다.

이유 없이 보고플 때 편하게 볼 수 있으면

그냥 좋은 사람이다.

한 가지 법칙

사랑에는 한 가지 법칙밖에 없다.

그것은 사랑하는 사람이 행복할 때까지

희생하고 봉사하고

한 방향을 바라보는 것이다.

말 한마디

예쁜 꽃은 눈에 남고 좋은 음악은 귀에 남지만

따뜻한 말 한마디는 천 냥 빚도 갚을 수 있다.

해남에서

고향은 떠나도 고향 향수는 잊지 못한다.

뜸북새 우는 논두렁 길 따라

옛 친구들 이름을 불러본다.

해남에서…

194

인생 3

인생은 꿈과 희망을 갖고 살아야 한다.

그렇지 않으면 세월이

나를 지배한다.

부족하고 겸손한 사람

꽃도 반쯤 핀 봉우리가 아름답듯

완전한 사람보다는

부족하고 겸손한 사람이 아름답다.

숲으로 오라!

향기로운 초록이 말합니다.

밝게 웃어라. 맑아져라. 새로워져라.

지친 마음 숲으로 오라!

첫사랑

청보리밭 물결이 파도쳐 밀려오면

깜부기처럼 타버린 첫사랑이 생각난다.

능소화처럼

무더운 여름 능소화처럼 웃고 살다보면

청포도 같은 행복이

주렁주렁 열릴 겁니다.

추천사

고 신영복 교수는 사랑한다는 것은 서로 마주 보는 것이 아니라 같은 곳을 함께 바라보는 것이라고 했다. 재능기부 전도사 최세규 이사장은 만인의 애인이다.

정운찬 | 전 국무총리, 동반성장연구소이사장

시간의 강에서 행복과 번영의 보석을 캐내고, 강물 따라 쌓이는 모래로 화합과 재능의 공동체를 만드는 저자에게 갈채와 성원을 보냅니다.

이만의 | 전 환경부장관

늘 웃는 얼굴로 재능기부를 실천해온 저자는 이 시대의 빛과 소금입니다. 25년간 보내준 문자를 통하여 희망을 배웁니다.

엄홍길 | 엄홍길휴먼재단 상임이사

오케스트라 연주처럼 감성이 넘치는 최세규 님은 나눔을 예술로 승화시킨 장본인이다. 늘 따뜻한 가슴으로 보내준 2시 문자를 책으로 출간한다니 축하합니다.

고학찬 | 전 예술의전당 사장

204

나는 여전히 몬주익 언덕을 달린다. 인생은 자신과의 싸움이다. 25년간 매주 보내준 삶의 철학적인 글에 찬사를 보냅니다.

황영조 | 올림픽 금메달리스트

최세규 이사장님은 기업인으로서 삶을 추구하면서도 재능나눔을 실천하는 모습이 너무 아름답습니다. 순수함이 묻어 나는 시집 출간, 진심으로 축하드립니다.

하형주 | 올림픽금메달리스트, 동아대학교 교수

최 시인의 명랑한 얼굴이, 쾌활한 이야기가, 따스한 마음이 느껴진다. 봄꽃처럼 풋풋한 향기를 담은 사랑스러운 말들이 마음속에 녹는다.

백두옥 | 전 서울중소기업청장

삶을 풍요롭게 하고 사회를 따뜻하게 하는 주말 문자를 25년간이나 보내주신 최세규 이사장님에게 감사드리며 이를 모은 시집 출간을 축하합니다.

박승 | 전 한국은행총재

스스로 다독여주지 못하는 마음의 공허한 빈자리를 매번 행복의 글귀로 채워주시는 최세규 님께 응원과 갈채를 보냅니다.

이완국 | 샴발라 회장

순간들의 탄소 원자들이 세파 속에서 다져져서, 세상에서 가장 찬란한 다이아몬드를 만들어 낸 것을 이 책을 통해 실감합니다.

백남선 | 이화여대 여성암병원장

최세규 회장이 매주 지인들에게 희망과 용기를 주던 글이 빛이 되어 태어났다. 경전 같은 문구들이 지치고 힘든 삶에 위로가 되어 함께, 울컥할 것이다.

이서빈 | 시인

책 제목처럼, 인생을 영화처럼 만들어가는 분이다. 우리 사회 어두운 곳을 찾아내서 밝은 빛을 비추는 분이다. 이런 분들이 많을수록 세상은 밝아질 텐데…

송명의 | 세계신지식인협회 회장

회장님의 주말 문자는 새벽이슬처럼 싱그럽고 저녁노을처럼 아름답습니다. 산을 오르는 사람에겐 멈추지 않는 옹달샘입니다.

이석호 | 서원밸리 대표

하루를 백년 같이, 천년을 일년 같이 정성과 열정으로 힘들고 어려운 곳이라면 만리라도 찾아 나서는 남을 위한 삶. 최세규 회장 늘 강건하심과 평안하시길 기도드립니다.

박명래 | 협성대학교 총장

이 시대 진정한 참 자유인 최세규. 그대 있음에 우리 자유로운 영혼을 얻었으니 이 또한 세상의 참 행복입니다.

박철호 | 뮤지컬배우

아름다운 인생, 생명의 소리를 시에 담은 최세규 회장. 희망을 전파하는 귀한 손길 위에 마음 위에 많은 분들이 힘과 용기와 사랑을 받으시는 시간들 되소서.

최병호 | WKC세계한류대회조직위원회총재

최세규 회장님의 책 출간을 진심으로 축하드립니다. 늘 사회 다방면에 대한 관심과 기여할 부분을 찾고 실천하시는 모습이 존경스럽습니다.

김두관 | 국회의원

수많은 역경 속에서도 오늘을 일궈낸 최 이사장의 멋진 경험과 경륜이 이제는 수많은 사람들의 '인생의 지표'가 됐다. 25년을 넘어 100년까지 이어지길 기대해본다.

황용희 | 이슈데일리 대표

재능기부 회장이신 최세규 님께서 지난 25년간 기술해 오신 문필력이 드디어 빛을 바라보게 되었습니다. 주옥같은 시로 환생되어 우리 곁에 왔습니다.

진성 | 가수

207

어르신 잘 모시고 예의 있고 엉뚱하고 철저하고 인생을 짧은 글로 표현하는 SMART MAN! 멋진 작가! 시집 출간을 축하합니다.

진미령 | 최세규의 fan, 가수

바람은 꽃을 맞이하러 간다. 꽃이 바람을 타고 멀리 향기를 전하듯 주말이면 폰을 타고 25년의 세월 향기 나는 글들을 모아 책으로 출간함을 축하드립니다.

김서기 | 전 쪼끼쪼끼 식차림 회장

우리의 세월 때론 한파가 몰아치고 주저앉고 싶을 때도 있었겠지만, 그래도 지금은 최세규 회장과 함께 한 많은 분들은 봄날인 것을 느낍니다.

김철빈 | 현대기계공업주식회사 회장

우리들에게 늘 가슴 벅찬 감동과 하루하루 가슴 뛰는 소중한 삶의 의미를 선물해 주시는 최세규 회장님의 『인생은 내가 만든 영화다』 출간을 진심으로 축하드립니다.

서대원 | 한국실업양궁연맹 회장

쉼 없이 씨를 뿌리고, 자양분을 공급하여, 큰 나무로 만들어서 모두에게 유익을 주는, '선한 결실'을 뜨겁게 축하드립니다.

이근갑 | 교촌치킨&비에이치앤바이오 대표

최 이사장의 '주말 문자'에는 3기가 있다. 감성을 자극하는 향기, 가슴을 포근하게 하는 온기, 25년 한결같은 끈기. 토요일 오후가 기다려진다.

정재환 | 조선뉴스프레스 부국장

토요일마다 보내주시는 메시지를 읽으며 삶의 위로를 받았고 때로는 희망도 보았습니다. 짧지만 누군가에게 힘이 되는 글을 쓴다는 건 멋진 일이 아닐 수 없습니다.

장종회 | 매일경제비지니스 대표

인생의 전부를 신지식인들과 재능기부협회를 통해 세상을 이롭게 하기 위해 동분서주 열심히 살며, 틈틈이 인생의 희로애락이 담긴 시집을 출간하심을 축하드립니다.

조동민 | 푸디세이그룹 회장, 전 한국프랜차이즈산업협회장

최세규 회장이 보내 준 문자를 보면서 어떤 단어를 가장 많이 썼을까 살펴보니 '꽃'이라는 단어였지요. 꽃을 사랑하시는 회장님 아름다운 마음을 사랑합니다.

오성환 | 목사

시는 삶의 표현이라는 말처럼 감성적인 글에 사랑을 느낍니다. 무지개 같은 고운 글은 감동 그 자체입니다.

김영철 | 한성에프아이 회장

늘 맑고 순수한 심성으로 활동하는 기업인. 이 시대에 이런 인물이 있다는 것이 한국인으로서 자랑스럽다. 매주 받아보는 글 속에는 고향에 돌아온 듯한 즐거움이 있다.

여운미 | (사)세계문화교류협회 이사장

매주 명언 같은 좋은 글을 보내 주셔서 잘 읽고 있습니다. 회장님께서 보내주신 감동과 희망의 글은 받는 이에게는 감동과 희망의 힘이 될 수 있습니다.

김상훈 | (주)바른C&S 대표

토요일 오후에 들려오는 향기로운 소리에 마음이 바다가 됩니다. 더 밝은 대한민국을 위해 더 많은 사람에게 속삭여 주세요!

이철우 | 경북도지사

행복의 샘/ 샘솟듯 들어오는/ 몇몇 글귀들 피곤하고 바빠서/ 그냥 덮어 두려 해도/ 덮을 수 없는/ 난, 때론,/ 삶의 활기를 찾고/ 한 주 한 주가 행복하다./ 2021년 5월10일.

이권복 | 조리기능장 교수

지덕노체를 겸비하신 최세규 회장님께서 항상 너그러움과 베풀어 주심에 감사드리며, 토요일 오후 2시가 기다려집니다.

양회철 | 유한회사 약산 회장

매주 주말마다 주옥같은 짧은 그 문자가 긍정의 힘과 행복의 파랑새가 되어 고단한 삶을 향해 미소 짓게 하는 아름다운 여정의 전도사가 되었습니다.

성범현 | 현 반도체회사 전무이사, 전 경찰청 총경

최세규 회장님의 첫 느낌은 팝의 영웅 프레디 머큐리를 참 많이 닮았다는 생각을 했다. 이번 2집에 내 사진 작품들을 함께 콜라보할 수 있어서 영광이고 감사하다.

강백규 | 케니강 프랑스올리브 대표

드디어! 올 것이 왔다. 세상을 밝게 해주는 세규 파이팅!

이상용 | 방송인

최세규 이사장은 남을 돕는 걸 사명으로 알고 평생 실천하는 분이다. 이 책을 읽고 행복의 씨앗을 뿌리는 일에 많은 분들이 동행한다면 더 행복한 세상이 다가올 것이다.

윤은기 | 한국협업진흥협회, 전 중앙공무원교육원장

지금까지 많은 봉사를 해오셨고 사회 각 분야 CEO들에게 리더십과 덕망, 소중함을 나누어주신 족적은 큰 거인을 보는듯 합니다. 회장님께 항상 사랑과 존경을 보냅니다.

박갑주 | 미래창조연구원 원장

나는 최세규를 소개할 때, "그 친구 온몸이 봉사야" 하면서, "그 친구 온몸이 긍정이야" 하고 덧붙인다. 이 친구의 시들은 그 속에, 그 마음들이 충분히 녹아 있을 것이다.

전병태 | 전 건국대학교 충주캠퍼스 총장

　매주 주말이 되면, 간결하면서도 상쾌한 최세규 회장님의 글이 가슴으로 다가옵니다. 그 꾸준함과 상쾌한 글은 어지러운 지금의 현실에 활력과 생기를 주었습니다.

이성철 | 부장판사

　봄이면 피어나는 한 송이 꽃처럼 2시의 메아리는 따뜻한 마음을 전해줍니다. 한결같은 마음에 찬사를 보냅니다.

김태곤 | 망부석의 가수

　삭막한 대지 위에 흩날리는 한줄기 단비 같은 최세규회장님의 인생 시집 출간을 축하드리며, 내 이웃과 공유하는 삶 속에 깊이 뿌리 내리기를 기원합니다.

양대영 | (주)해양기술종합서비스 대표이사

　행복의 전도사 최세규 이사장이 토요일마다 보내준 문자가 삶의 위로가 되고 때론 희망이 되었습니다. 나도 누군가에게 힘이 될 수 있도록 하겠습니다.

김봉곤 | 청학동 훈장

매주 말 사랑과 따뜻한 마음을 담아 보내주시는 문자를 보면서 위로와 용기를 받습니다. 낱알이 밀알이 되어 한 권의 책으로 나온다니 진심으로 축하를 드립니다.

하선진 | 작사가

우리의 삶 속에서 일어나는 많은 아름다움과, 일상을 행복으로 표현한 글. 정성스레 메시지로 주시던 최세규 회장님의 글들이 책으로 엮여 출간되다니 더없이 기쁜 마음입니다.

구자관 | (주)삼구아이앤씨 책임대표사원

어쩜 이리 고운 심성의 글을 매주 마르지 않는 샘물처럼 길어다가 메말라가는 우리들의 마음을 촉촉이 축여주시는지요. 세상과 인생을 아름답게 바라보는 철학이 담긴 시집 발간을 축하드립니다.

김혜정 | (주)네오킴 대표

시곗바늘 같은 삶을 살아내고 있을 때 소확행의 큰 감동으로 환한 글이 내게 옵니다. 이는 나비효과로 다시 세상에 번져 갑니다.

신화선 | (주)신화경제연구소 대표이사

꿈과 희망을 전해 주는 행운 전도사 최세규 회장님의 주옥같은 글 모음집 『인생은 내가 만든 영화다』 발간을 진심으로 축하드립니다.

소재학 | 미래예측학박사 1호 교수

한 번도 늦지 않고 사랑과 희망의 메시지를 보낸 것은 그의 마음 깊은 곳까지 빛이 가득함을 보여주는 것이라고 하겠다. 그의 빛이 매주 토요일 2시를 기다리게 했고 나에게도 빛이 가득하게 했다.

김윤우 | 법무법인 유준 변호사

사람과 사람 사이에는 인연이라는 섬이 있다는 말처럼, 그 인연으로 20년 넘게 함께 해 온 시인에게 감동을 전합니다.

최진영 | 코리아헤럴드 대표이사

가구는 문화와 패션이다. 세상에서 가장 아름다운 가구를 만들 듯, 최세규 시인은 감성적인 언어의 마술사다.

유준식 | 체리쉬가구 회장

25년 프랜차이즈 역사와 함께한 최세규 작가는 이 시대의 희망이다. 정감 있는 글로 지친 가슴을 울리는 귀인이다. 시집 출간을 축하합니다.

김용만 | 대학로 김가네 회장

꽃은 한 계절에 피지만 꽃 한 송이를 피우려면 사계절이 필요하다. 꽃 한 송이 피워내듯 감성의 4계季인 희로애락喜怒愛樂으로 성찰의 시詩밭을 일구었다. 행복전도사다.

신광철 | 작가

인생은 내가 만든 영화다

초판 1쇄 발행 2021년 7월 2일
지은이 최세규
사   진 케니 강, 김진
펴낸이 반송림
펴낸곳 도서출판 지혜
편집디자인 반송림
제작총괄 조종열
인   쇄 영신사
주   소 34624 대전광역시 동구 태전로 57. 2층
                    (삼성동, 도서출판 지혜)
전   화 042-625-1140
팩   스 042-627-1140
전자우편 ejisarang@hanmail.net
애지카페 cafe.daum.net/ejiliterature

ISBN : 979-11-5728-446-7 03810
값 : 13,000원

최세규

　최세규 시인은 (사)한국재능기부협회 이사장, (사)한국창조경영인협회 회장, (주)동양테팔키친 회장, 前)(사)한국신지식인협회 1, 2, 3대 회장, 동반성장연구소 자문정책위원장, (사)한국 프랜차이즈산업협회 상임부회장, 前)민주평화통일자문회의 상임위원, 제주특별자치도 홍보대사, 여수 세계엑스포 홍보대사, 순천 정원박람회 홍보대사 등을 역임했거나 재직 중이며, 2016년 법무부장관 표창, 2006 산업자원부 장관상 등을 수상했고, 1999년 대한민국 신지식인으로 선정된 바가 있다.

　최세규 시집『인생은 내가 만든 영화다』는 최세규 연출, 최세규 극본, 최세규 주연의 모노드라마이며, 총 91편의 주말문자명시에, 케니 강 사진작가의 사진, 그리고 정운찬 전국무총리, 엄홍길 산악인, 황영조 올림픽금메달리스트, 박승 전한국은행총재, 김두관 국회의원, 진성 가수, 이철우 경북지사, 이상용 방송인 등 각계 유명인사 48명의 추천사를 싣게 되었다.

　최세규 시집『인생은 내가 만든 영화다』는 하늘을 감동시킨 가장 아름다운 시집이며, 만인의 심금을 사로잡을 감동의 메아리, 즉, 행복의 바이러스라고 할 수가 있다.